KB181855

한국 희곡 명작선 133

손은 행동한다

한국 희곡 명작선 133

손은 행동한다

김태현

평민사

김태현

손은 행동한다

우리는 기계가 아니다.
인간다운 삶을 보장하라

등장인물

박효주(여, 40세) : 극단 '불꽃' 대표 겸 극작가
황남일(남, 51세) : 물류센터 단기 사원
이미소(여, 27세) : 물류센터 단기 사원이자 극단 '불꽃' 소속 배우
전태일(남, 20세) : 재단사
한여정(여, 20세) : 여공 시다
코러스1(2020년 물류센터 HUB에서 근무하는 주황형광 조끼 입은 HUB 관리자, 계약직이자 1970년대 평화시장 재단 회사 사장, 경비)
코러스2(2021년 물류센터 HUB 노조원이자 1970년대 근로감독관, 경향신문 기자, 감리교회 신축 공사장 인부)
코러스3 · 4(2020년 물류센터 HUB에서 근무하는 단기 사원이자 노조원, 1970년대 평화시장 재단회사 시다, 근로감독관실 직원, 경향신문 직원, 감리교회 신축공사장 인부)
코러스5 · 6(무대 뒤 공을 받치며 꼭대기로 향하는 노동자들)

무대

무대 뒤에는 아시바로 만든 사선 모양의 철조물이 놓여있다.
노동자들은 커다란 공을 어깨에 이거나 손으로 받치며 꼭대기로 올려놓으려 한다.
하지만 공이 정상에 도달하기 전, 노동자들의 힘은 빠진다. 공은 제자리로 향한다.
노동자들은 그 공을 다시 어깨에 이거나 손으로 받치며 꼭대기로 향한다. 반복한다.

무대 앞에는 극이 진행된다.
극의 배경은 2020년 물류센터이다. 택배 상자가 끝없이 쌓이는 곳이자 조금만 손이 느려져도 레일이 멈추는 곳이다. 레일에 물건이 실려 오면 담당 물건들을 빼는 분류작업을 한다. 조금이라도 늦어지면 스피커로 재촉한다. 주황형광 조끼를 입은 관리자가 직접 와서 재촉한다.
동시에 극의 배경은 1970년대 전태일이 근무하던 재단공장이다. 어린 시다들이 재봉틀을 돌린다. 조금이라도 손이 느리거나 작업이 멈추면 사장이 와서 재촉한다.
근로감독관실, 감리교회 신축 공사장, 경향신문 언론사는 짧게 등장한다.

레일은 극이 시작하기 전부터 돌아가기 시작한다.
레일 위로 코러스의 옷이 전달되고 그걸 입고 각 장면을 연기한다.
레일은 자본, 기계화된 사회를 상징한다.
레일은 극이 시작하기 전부터 돌고 있으며, 극이 끝나고 나서도, 어떤 일이 있어도 멈추지 않는다.

0장. 프롤로그

레일은 이미 움직이고 있다.

무대 뒤 시지프 신화처럼 노동자(코러스5, 6), 공을 힘주어 위로 올리고 있다.

힘겹게 거대한 공을 올려놓으려고 하지만 결코 꼭대기에 올릴 수 없다.

그 돌은 다시 자신들에게로 굴러 떨어지며 노동자들(코러스5, 6)은 다시, 처음부터 그 돌을 올린다.

아무리 노동을 해도 의미가 없는 형벌을 받듯, 반복한다.

박효주, 힘들어하며 등장한다.

효주, 배를 부여잡는다.

효주 단기 노동으로 돈을 벌면 그 돈으로 연극을 했다. 연극이 올라가면 행복했다. 외부 사정이 눈에 안 들어왔다. 무대와 관객, 조명이 켜지면 외부에서의 고민은 들어올 수 없다. 하지만 지금은. 조명이 꺼지고 빈 무대가 눈에 들어온다.

효주, 무대 뒤에서 끊임없이 움직이는 노동자들(코러스5, 6)을 본다.

효주 인간다움이 무얼까. 무엇이 인간다움일까. 인간다운 삶을 회복하자. 그 목표를 가지고 물류센터에 들어왔다. 월세를

벌기 위해서, 대출 이자를 갚기 위해서, 먹고 살기 위해서,
오늘도 나는 택배물류 창고에서 일을 한다.

효주, 무대 조명 속으로 들어간다.

암전.

1장. 2020년 물류센터 HUB.

무대를 가로질러 긴 레일이 깔려있다.

물류센터는 세 단계로 구분되어 있다.

IB, OB, HUB.

IB는 다른 곳에서 보내준 물건을 받는다.

OB는 고객한테 보내는 택배를 포장한다.

HUB는 포장한 택배를 지역별로 분류하는 일을 한다.

레일 위로 택배가 넘어오기 시작한다.

효주, 레일 쪽으로 간다.

남일, 땀을 닦으며 등장한다.

효주, 남일을 본다.

효주 오늘도 파이팅. 무사고, 안전.

남일 파이팅, 무사고, 안전.

남일, 땀을 많이 흘린다.

남일, 손에 땀이 흥건해서 옷에 닦는다.

물류센터 HUB 단기 사원3, 4(코러스3, 4), 두리번거리며 등장한다.

주황 형광 조끼를 입은 관리자(코러스1), 빠른 걸음으로 레일로 걸어온다.

관리자 여기서 배워서 하세요.

관리자(코러스1), 퇴장한다.

효주, 단기 사원3, 4(코러스3, 4)를 본다.

효주 처음?

사원3 아, 네.

사원4 뭘 하면 되나요?

효주와 남일, 택배들을 집어 운송장을 확인한 후 뒤쪽 팔레트에 놓는다.

효주 뒤에 엄청 큰 플라스틱 박스 있지? 팔레트.

사원3 네.

효주 박스나 포장지에 운송장 확인하고.

사원4 네.

효주 팔레트 바닥에 보면 오전 오후 적혀있을 거야. 지금 오전

이니까, 오전에 운송장 확인하고 넣으면 돼.

남일 움직여. 밀린다.

단기 사원3, 4(코러스3, 4). 어려워하다가 속도를 낸다.

남일 덥다, 더워.

남일, 땀을 흠뻑 흘린다.

효주, 남일을 힐끗 본다.

효주 자리 바꿔, 여기 선풍기 있어.

효주와 남일, 자리를 바꾼다.

효주 무더위인데 선풍기 3대가 말이 돼? 물 한 모금 못 마시고 화장실도 제때 못 가. 여기가 지옥이야.

남일 무슨 잘못을 해서 이곳에 왔어.

효주 열심히 산 죄. 죄를 짓고 살지 않은 죄. 땡전 한 푼 없이 태어난 죄.

남일 부모 잘못 만난 죄?

효주 시대 잘못 태어난 죄.

남일 죄 많은 인생이구나.

효주 죄 많은 놈들은 돈이라도 많지.

남일 담배 연기처럼 미련 없이 사라지고 싶다.

효주 담배 좀 끊어! 그러다 돈도 없는데 건강마저 잃어.

남일 최악이네.

효주와 남일, 히죽 웃는다.

사원3 두 분이 친하신가 봐요?

효주 HUB가 워낙 힘들어. 일하다가 쉬는 시간에 도망가는 놈도 많고. 한 달? 일주일도 버티지 못하는 사람이 수두룩해.

사원4 두 분은 며칠 하셨어요?

효주 난 세 달째, 이 사람은 1년째.

사원3 와.

남일 똥밭이라도 열심히 굴러야지. 그래야지 살지.

효주 그럼 오늘도 국밥에 술 한 잔?

남일 그래, 그래야지.

남일, 지나가는 택배들을 자주 놓친다.

택배가 정체되기 시작한다.

천장에 매달려 있는 스피커로 목소리가 흘러나온다.

목소리 황남일 사원님, 빠르게 중앙으로 와주시기를 바랍니다.

효주, 스피커를 노려본다.

효주 또 지랄이야.

남일 늙어서 그런가, 자꾸 놓쳐.

효주 더워서 그래. 에어컨이라도 틀어주면 또 몰라.

관리자(코러스1), 차트를 들고 등장한다.

남일, 관리자(코러스1)에게 인사한다.

관리자 남일 씨. 어제 또 술 마셨어?

남일 아뇨.

관리자 근데 왜 이렇게 못 잡아. 오전 8시부터 오후 5시까지 주간조 중에서 제일 느려 손이.

남일 죄송합니다.

관리자 벌써 두 번째야. 한 번만 더 스피커로 당신 이름 나오면 사실확인서 써야해. 사실확인서 써봐서 알지?

남일 네, 압니다.

관리자 이거 쓰면 당신만 귀찮은 게 아니고. 나도 귀찮아. 일일이 보고하고 또….

스피커에서 목소리가 흘러나온다.

목소리 3번 레일에 속도가 더딥니다. 택배 정체되고 있습니다.

관리자(코러스1), 귀찮다는 듯 손짓한다.

남일, 꾸벅 인사하고 제자리로 간다.

효주, 퇴장하는 관리자(코러스1)를 노려본다.

효주 딱 봐도 서른 초, 많아봐야 서른 중반? 어른에 대한 공경이 없어.

남일 내가 손이 느린 거니까.

효주 그래도 오빠가 여기 HUB에서 제일 오래 됐잖아. 어른 취급해야지. 전에 있던 관리자는 잘만 넘어갔는데. 하여간 젊은 꼰대가 제일 빡빡해. 꼭 저런 식으로 창피 줘야 하는 것도 아니잖아?

남일 답답했나 봐.

효주 그럼 지들이 팔 걷고 도와주던지, 그럴 것도 아니면서.

효주, 남일, 한숨 쉰다.

크고 작은 택배 상자들이 물밀듯 밀려든다.

사원3 왜 이렇게 빨라요?

사원4 또 놓쳤어.

효주 생각하지 마. 기계라고 생각해. 난 택배 뽑는 기계다, 생각 없고 욕망 없이 숨만 쉬고 똥만 싸는 기계다. 내 손은 택배 상자를 낚아채고, 내 눈은 운송장을 보기 위해 존재한다. 그렇게 끔짝 없이 9시간 서서 일하다 보면 손 먼저 가.

남일 이 지긋지긋한 곳에서 버티려면 어느 정도 둔해져야 해.

남일의 손이 느려진다.
남일이 느려지자, 점차 느려지다 택배 상자가 점점 쌓인다.

효주 괜찮아?

남일, 땀을 더 흘리기 시작한다.
천장에 매달려 있는 스피커로 목소리가 흘러나온다.

목소리 3번 레일에 속도 더딥니다.

관리자(코러스1), 다가온다.

관리자 뭐해요, 빨리빨리 하세요.

관리자(코러스1), 보다 못해 남일 옆에 서서 대신 물류를 처리하기 시작한다.

효주 힘들면 뒤에서 쉬어, 내가 할게.

남일, 뒤로 빠져서 쌓여있는 택배 상자 옆에 몸을 기댄다.

남일 숨 쉬기 힘들어.

효주 그래도 공기를 깊게 들이마시고….

남일 오른쪽 주머니… 담배하고 라이터….

효주, 남일의 주머니를 뒤진다.

효주, 담배 한 대하고 라이터를 꺼낸다.

남일 입에 담배 한 대만….

효주, 남일 입에 담배를 물려준다.

남일, 입이 천천히 벌어지다가 담배를 떨어뜨리고 눈을 감는다.

효주, 소리 지른다.

효주, 남일 얼굴을 안고 두리번거린다.

효주 사람이 쓰러졌어요, 의식을 잃었어요!

효주, 남일을 업지만 힘들어한다.

천장에 매달려 있는 스피커로 목소리가 흘러나온다.

목소리 3번 레일에 속도 더딥니다.

관리자 황남일 씨! 일어나세요! 지금 택배가 쌓이는데!

목소리 1번 레일 포장 속도가 더딥니다. 다시 말씀드립니다.

관리자 효주 씨도 어서, 남일 씨 깨워서 복귀해요!

그때 선풍기를 꼽은 플러그가 과열된다.
불이 튀고, 택배 상자에 불이 붙는다.

사원3 불이야, 불이야!

천장에 매달려 있는 스피커로 목소리가 흘러나온다.

목소리 3번 레일에 속도가 더딥니다. 1번 레일 포장 속도가 느립니다.

관리자 불! 불이야! 비상구로 대피하세요!

효주 일어나! 지금 큰일 났어!

관리자(코러스1), 제일 먼저 도망친다.
단기 사원3, 4(코러스3, 4), 우왕좌왕하다가 연기를 다 마신다.

효주 입을 가려요, 입을 가리고 몸을 낮춰!

단기 사원3, 4(코러스3, 4), 숨을 가쁘게 헐떡인다.
남일, 눈을 뜨지 못한다.

사원3 살려줘!

사원4 숨이…!

연기가 차오르기 시작한다.

효주, 허겁지겁 입을 막는다.

효주, 시린 눈으로 주위를 둘러본다.

효주 노동을 하는 건 인간다운 삶을 위해서다. 우리는 인간답게 살고 있는가. 인간다운 삶을 누리고 있는가.

터지는 소리와 깨지는 소리, 무너지는 소리가 들린다.

사원4 살려주세요!

사원3 숨이, 숨이 막혀!

효주 여기, 다친 사람하고 같이….

단기 사원3, 4(코러스3, 4), 앞다투어 나가려다 택배에 걸려 쓰러진다.

효주, 남일을 업고 나가려고 한다.

남일, 몸이 축 늘어진다.

합선되어 폭발하는 소리가 들린다.

효주, 남일의 눈을 감겨주고, 남일을 레일 위로 올린다.

남일, 레일 위에서 택배처럼 무대를 빠져나간다.

효주, 최대한 몸을 숙인다.

효주 스프링클러도 안 돌아갔다. 스마트폰은 근무하기 전에 모두 걷어가서 밖으로 연락할 수가 없었다. 이때 화재사고로 물류센터에 근무하던 청춘들은 무리하게 나가려다 질식으로 사망했다. 소방차는 늦게 도착했다. 난 최대한 웅크리고 입을 막았다. 그래도 레일은 돌아갔다. 레일은, 멈추지 않았다. 물류센터는 한 달도 지나지 않아 재가동했다.

전태일이 등장한다.

효주, 천천히 일어나 남일이 남긴 라이터를 쥐고 한참 바라본다.

효주 나는 먹고 살기 위해 다시 그 물류센터에서 일하고 있다. 상황은 무엇 하나 바뀌지 않았다.

전태일이 등장하면서부터 재단공장으로 무대는 바뀐다.

암전.

2장. 1968년 평화시장

연기가 걷힌다.

레일 위로 1968년 평화시장 재단보조 의상이 배달된다.

코러스3, 4, 레일 위로 전달되는 옷을 집어서 갈아입는다.

재단보조3, 4(코러스3, 4), 외투만 갈아입고 재봉틀을 돌린다.

레일 위로 옷감이 넘어오기 시작한다.

전태일, 재봉틀을 돌리고 있다.

재단보조3(코러스3), 자기 키만 한 옷감을 레일 위에서 집어 태일에게 건넨다.

여공 재단보조인 한여정, 등장해서 재봉틀을 돌리고 있다.

보조3 여기요!

태일 고마워.

평화시장 재단회사 사장(코러스1), 등장한다.

사장 야, 재단보조! 여기 옷감 빨리 가져가!

재단보조3(코러스3), 옷을 내리자마자 레일 위에 밀려오는 옷감을 이고 진다.

사장 2번 시다! 옷감 가져가!

여정 네!

여정, 굽은 등을 겨우 펴서 사장(코러스1)에게서 옷감을 가져간다.

사장(코러스1), 호루라기를 길게 분다.

사장 오늘 천 장 찍어야 한다! 열심히 해! 무슨 일이 있어도 끝

내야 한다!

태일, 졸면서 재봉틀을 돌리는 여정을 본다.
여정, 허리가 굽은 상태로 계속해서 재봉틀을 돌린다.

사장 재단보조!
보조3 네!
사장 옷감!
보조4 재단보조! 옷감 가져가! 빨리!
보조3 네!

재단보조3(코러스3), 레일 위로 넘쳐나는 옷감을 챙기다가 휘청거린다.
재단보조3(코러스3), 여정 쪽으로 넘어진다.
여정, 졸다가 새끼손가락에 재봉틀 바늘에 스친다.

여정 아악.

여정, 손가락을 감싼다.

보조4 뭐야, 무슨 일이야.
사장 재단보조!
보조3 여공 손이!

사장 뭐?

여정 아닙니다. 괜찮아요. 좋았어요.

태일, 여정에게 다가간다.

태일 손가락에 피나잖아.

보조4 재단보조!

태일, 옷감을 가져가려다가 그 자리에 선다.

태일, 주위에 버려져 있는 자투리 천을 들고 여정에게 다가간다.

사장(코러스1), 고개를 들고 태일을 본다.

사장 뭐해?

태일 손을 다쳤어요.

사장 근데.

태일, 사장(코러스1)과 눈싸움을 한다.

태일, 고개를 숙인다.

태일 옷감에 피 묻으면 안 되니까요….

사장 그렇다고 말도 없이 이탈해?

태일 죄송합니다.

사장 됐어. 자, 그럼 됐지? 다시 시작하자.

태일, 사장(코러스1)에게 다가간다.

태일 조금은 쉬어야 한다고 생각합니다.

사장 뭐? 아까 말 못 들었어? 오늘 안으로 천 장 무조건 찍어야 한다 했잖아.

태일 여공이 다쳤어요. 조금이라도 안 쉬면 더 느릴 겁니다. 또 다들 화장실 다녀온 지 5시간 넘었습니다.

사장 너 쉬 마렵냐?

태일, 이를 악 물고 어색하게 웃는다.

태일 네….

사장 만약에, 쉬었다가 천 장 못 찍으면 어쩔 건데?

태일 제가 책임지겠습니다.

사장 그 말, 지켜라.

사장(코러스1), 호루라기를 분다.

사장 30분 휴식, 아니 20분 휴식! 화장실 갈 사람 갔다 오고, 잠들 다 깨고. 갔다 오면 무슨 일이 있어도 쉬는 거 없다!

재단보조3, 4(코러스3, 4), 비척거리며 나간다.

태일, 여정에게 다가가 여정의 다친 손가락을 더 꽉 묶어준다.

여정, 태일을 빤히 쳐다본다.

사장(코러스1), 혀를 차면서 담배를 입에 물고 퇴장한다.

여정 고맙습니다.

태일 다쳤는데도 일하라니. 말도 안 돼.

여정, 뱃속에서 꼬르륵 소리가 난다.

태일, 풀빵 하나를 건넨다.

여정 감사합니다. 일 끝나고 집에 가면서 먹을게요.

여정, 풀빵을 주머니에 넣는다.

여정, 다시 재봉틀을 잡는다.

태일 내가 할게, 잠시 쉬어.

여정 옷감 밀리는데, 안되는데….

태일, 여정이 하던 재봉틀을 잡는다.

태일, 밀려오는 옷감을 집어 재봉틀을 돌린다.

여정, 태일이 건넨 풀빵을 손에 쥔다.

태일 이름이 뭐야?

여정 한여정이에요.

태일 내 이름은 태일이야, 전태일.

여정 알아요.

태일 알아?

여정 여공들에게 부드럽게 대하는 사람, 어린 시다들에게 항상 관심을 가지고 풀빵을 나눠주는 사람.

태일 그래? 부끄럽네.

여정 책 읽는 사람. 쉬는 시간마다 눈이 빠지게 책 읽잖아요. 무슨 책 읽어요?

태일 이거.

태일, 품에서 책을 한 권 준다.

여정, 슬쩍 읽는다.

여정 죄다 꼬부랑이네. 뭘 읽는지 한 개도 모르겠어요.

태일 금서.

여정 금서?

태일 내가 읽고 있는 건 금서야.

여정 금서를 왜 읽어요, 끌려가고 싶어요? 얼른 버려요, 아니 태워요.

태일 이 책은 우리 같은 노동자들에게 진실을 알려줘. 나라에서 쉬쉬하고, 업주들도 말하길 꺼려하고, 누구나 알지만 아무도 입 밖에 내기 싫은 것.

여정 몰라요. 듣지도 못 했고 보지도 못 했어요.

태일 근로기준법.

여정 법?

태일 이 나라 법에 명시되어 있어.

여정 왜 금서에요. 법이라며.

태일 제49조. 1일의 근로시간은 휴게시간을 제하고 8시간을 초과할 수 없다. 이 책에는 분명 하루에 8시간이라고 적혀있어. 연장을 하게 될 때는 노동자와 합의를 하게 되어있고.

여정 8시간? 10시간만 일해도 너무 좋겠다.

태일 45조, 사용자는 근로자에 대하여 1주일에 평균 1회 이상의 유급 휴일을 주어야 한다.

여정 그런 게 법이라고요? 지금, 이 나라 법으로?

태일 우리는 모르고 있었어. 아무도 알려주지 않아. 금서랑 뭐가 달라.

태일, 감정이 벅차오른다.

태일 하루 14시간. 어린 시다들이 장시간을 일하고 있어. 이 많은 먼지 구덩이에서, 어린아이가 아침부터 퇴근까지 장장 14시간 동안 작업량을 소화하기 위해 바늘에 찔리며 허리가 굽어가며 일을 해. 왜 가장 청순하고 때 묻지 않은 어린 소녀들이 때 묻고 부한 자의 거름이 되어야 하지?

여정, 불안한 눈빛으로 태일을 본다.

태일 바뀌어야 한다. 어린 여공들의 참상을 더 이상 두고 볼 수 없어.

여정 그럼 볼 수 없으면 뭘 하려는 거예요?

태일 공부를 할 거야. 다른 사람들한테도 알려주고 싶어. 무엇보다 우리 노동자들은 배워야 해. 그래야 알지.

여정 배우려고 할까요, 알려고 할까요? 그냥 이대로 사는 게 당연하다고 생각하는 사람들도 많은데….

태일 평화시장 노동조건을 개선할 거야. 그러기 위해서 먼저 평화시장 노동자들 실태 조사를 할 거야. 그걸 증거로 해서 근로감독관을 찾아갈 거고.

여정 근로감독관?

태일 세상을 바꿔야 할 때야. 한 사람 한 사람의 힘은 작고 미약하지만 뭉치고 또 뭉치면 그 무엇보다 밝을 거야, 그 어떤 것보다 셀 거야.

여정 그렇죠, 밝겠죠. 그런데 잘 모르겠어요.

태일 두려워?

여정 두려워요. 이대로도 좋아요. 전 이렇게 사는 것도 좋아요.

태일 두려울 거 없어. 그 두려움 때문에 우리는 항상 지는 거야. 우리를 지배하는 사람들은 바로 우리의 두려움을 이용해서 지배를 지속하는 거지.

여정 그게 나쁜 걸까요. 그냥 두려워하며 지는 게 나쁜 걸까요.

지배당하는 삶이, 바꾸려고 노력하다가 위험에 빠지는 것보다 나쁜 걸까요.

여정, 땀을 많이 흘린다.

태일, 소매로 땀을 닦아준다.

태일 몇 시간 동안 일한 거야, 잠은 좀 잔 거야?

여정 어지러워요.

여정, 거친 기침을 한다.

여정 소매에 피가 묻어난다.

태일, 놀라면서 소리친다.

태일 병원 가야겠는데!

여정 괜찮아요, 병원 안 가도 돼요.

태일 사장님! 여공이 피를 토합니다! 사장님!

사장 또 뭐, 왜!

사장(코러스1), 짜증을 내며 들어온다.

태일, 사장(코러스1)에게 다가간다.

태일 피를 토했어요, 병원에 가야 해요!

사장 그렇게 돕고 싶으면 나가서 도와!

태일　　네?

사장　　해고라고. 둘 다!

암전.

3장. 1969년

레일은 여전히 돌아간다.

레일 위로 근로감독관실 직원들 의상이 배달된다.

코러스3, 4, 레일 위로 전달되는 옷을 집어서 갈아입는다.

근로감독관실 직원들(코러스3, 4), 택배 분류하듯 옷감 찍어내듯 근무한다.

근로감독관실 안.

태일, 들어온다.

근로감독관 직원(코러스2), 태일을 힐끗 본다.

태일　　저는 청계피복공장에서 일하는 재단사입니다. 근로감독관님께 건의할 게 있어서 찾아왔습니다. 여기 실태를 다 적어왔으니까 보시고….

직원　　말씀드렸잖아요. 기다리라니까요?

태일　　계속 기다렸는데 아무 조치도 없어서요, 혹시 안 읽으신 게 아닐까 해서….

직원 저희가 한가한 사람들이 아니어서요.

근로감독관 직원(코러스2), 퇴장한다.

태일, 경향신문 언론사 사무실 안.
레일 위로 경향신문 직원들 의상이 배달된다.
코러스3, 4, 레일 위로 전달되는 옷을 집어 갈아입는다.
경향신문 직원들(코러스3, 4), 물건 분류하듯 옷감 찍어내듯 기사를 작성한다.
신문기자(코러스2), 등장한다.

기자 전태일 씨라고요?
태일 네. 저는 청계피복공장에서 일하는 재단사입니다. 기자님께 제보할 게 있어서 찾아왔습니다.
기자 그래, 뭔데.
태일 불법노동사례에 대해서 말씀드리고 싶어서요.

태일, 신문기자(코러스2)에게 봉투를 넘겨준다.

기자 흥미롭네요. 네, 한번 보고 검토할게요.
태일 감사합니다.

신문기자(코러스2), 퇴장한다.

경향신문 직원들(코러스3, 4), 여전히 그 자리에서 기사를 작성한다.
여정, 신문을 뿌리며 등장한다.

여정 호외요! 호외요!

태일, 목에 '특보, 평화시장'을 두르고 신문지를 뿌리고 있다.

태일 호외요! 우리 이야기가 신문에 났어! 신문이요, 신문!

멀리서부터 효주, 등장한다.
암전.

4장. 2021년 물류센터 HUB

레일은 멈추지 않고 계속해서 돈다.
레일 위로 2021년 물류센터 HUB 단기 사원 의상이 배달된다.
코러스3, 4, 레일 위로 전달되는 옷을 집어서 갈아입는다.
레일 위로 택배 상자가 몰려오기 시작한다.
단기 사원이자 극단 '불꽃' 소속 배우인 미소, 등장한다.
효주, 택배를 분류하고 있다.
미소, 효주 옆에서 택배 상자를 분류한다.

미소 그러니까 대표님, 연극 〈시지프 신화〉 다시 준비해요.

효주 그게 말처럼 쉽지가 않아.

미소 단원들한테 전화 돌렸는데 다 된대요.

효주 되기야 하겠지, 돈이 문제지.

미소 재단 측에도 전화했어요. 지원금 액수를 축소하는 한이 있더라도 올리고 싶다, 하니까 소정의 금액이라도 드리겠다, 올리기만 하면 포스터 홍보도 해준다 해요. 그러니 포기하지 말고….

효주 축소된 금액이 300만 원이야. 원래가 1500만 원으로 책정했다고. 근데 1200만 원이 깎여? 300만 원이면 미소야, 원래 계획했던 공연장 대관비용으로 끝나. 배우들 인건비는 어떻게 하고, 식비, 차비, 연습실 대관비용은 어떻게 할래. 음향감독, 조명감독, 무대감독, 스태프 비용은 어쩌고.

미소 연습실 대관비용은 지원사업도 있고, 스태프는 각자 연극 경험이 있으니까 회의해서 설치하면 되고, 배우들 페이야 원래 적게들 받아왔으니까….

효주 원래 적게 받는 건 없어.

효주와 미소, 목소리를 높이면서도 손은 계속해서 택배 박스를 분류한다.

효주 노력한 만큼 정당한 대우를 받아야 해.

효주, 말하느라 손이 느려진다.

천장에 매달려 있는 스피커로 목소리가 흘러나온다.

목소리 3번 레일에 속도 더딥니다.

택배가 정체되기 시작한다.

목소리 박효주 사원님, 빠르게 중앙으로 와주시기를 바랍니다.

미소, 스피커를 노려본다.

미소 도와주지는 못할망정 손을 하나 가져가네.

관리자(코러스1), 차트를 들고 등장한다.

효주, 중앙으로 향한다.

관리자 효주 씨, 어제 과음했어요?

효주 아뇨.

관리자 일 년간 잘하시던 분이 요즘 왜 그래요?

효주 죄송합니다.

관리자 오전 8시부터 오후 5시까지 주간조 중에서 제일 느려 손이.

효주 죄송합니다.

관리자 벌써 두 번째야. 한 번만 더 스피커로 당신 이름 나오면 사실 확인서 써야 해. 사실 확인서 써봐서 알지?

효주 네.

관리자 이거 쓰면 당신만 귀찮은 게 아니고, 나도 귀찮아. 일일이 보고하고 또….

스피커에서 목소리가 흘러나온다.

목소리 3번 레일에 속도가 더딥니다. 택배 정체되고 있습니다.

관리자(코러스1), 귀찮다는 듯 손짓하며 퇴장한다.

효주, 고개를 숙이고 다시 자리로 돌아온다.

효주, 택배를 자주 놓친다.

사원3 왜 이렇게 놓쳐요?

사원4 또 놓쳤어.

사원3 생각하지 마세요. 기계라고 생각해. 난 택배 뽑는 기계다, 생각 없고 욕망 없이 숨만 쉬고 똥만 싸는 기계다. 내 손은 택배 상자를 낚아채고, 내 눈은 운송장을 보기 위해 존재한다. 그렇게 꼼짝없이 9시간 서서 일하다 보면 손 먼저 가요.

사원4 이 지긋지긋한 곳에서 버티려면 어느 정도 둔해져야 해요.

효주, 손이 느려진다.

크고 작은 택배 상자들이 물밀듯 밀려든다.

삐익, 소리가 들린다.

천장에 매달려 있는 스피커로 목소리가 흘러나온다.

목소리 10분 간 쉬는 시간입니다. 10분 간 쉬는 시간입니다.

단기 사원3(코러스3), 켜켜이 쌓여있는 골판지 상자 위에 눕는다.

단기 사원4(코러스4), 멀리 가지 못하고 그 자리 근처에 몸을 기대어 잔다.

효주, 그 자리에 주저앉는다.

미소, 효주 옆에 앉는다.

미소 그래서 포기하시게요?

효주 300만 원으로 공연 올리는 건 모두에게 민폐야. 창작자한테도 관객들한테도. 가뜩이나 공연 관객도 적어지는데, 한 편 한 편 공력을 기울여서 만들어야지. 관객들이 모를 것 같지? 관객들은 다 알아. 대충 지원금만 타먹으려고 하는 건지, 정말 성심성의껏 연극예술을 자신들에게 보여주려고 노력하는 건지. 우리부터 마음이 그런 식이면 관객들도 호응 안 해줄 거야.

미소 더 큰 지원사업이나 연극제를 위해서라도, 어떻게든 올리는 게 맞잖아요.

효주 지금 받는 지원사업이 마지막 지원사업이라고 생각해야지. 평생 지원사업을 받으면서 연극한다면 좋겠지만, 미래에 어떻게 될지 모르니까. 연극제를 당연하게 나갈 수 있다고 생각해서도 안 돼. 아무것도 단정 지으면 안 돼.

미소 기회를 소중히 여긴다는 건, 저도 동의해요. 하지만 언제까지 쉴 수는 없잖아요. 공연 올린 지 벌써 1년이 지났어요. 다들 무대를 그리워한다고요.

효주 아직 때가 아니야.

미소 때라는 건 우리가 만들면 되죠.

효주 최소한의 의식주는 보장이 된 다음, 그 다음이 예술인 거야.

미소 도망치시는 건가요?

효주 도망? 전략적 후퇴지.

미소 아, 그럼 벌써 1년째 전략적 후퇴 중이시네요, 그렇죠?

효주 잊지 마, 우린 예술가야. 예술 노동자가 아니라.

미소 그럼 우린 왜 여기서 택배를 나르고 있죠?

효주 최소한의 생계를 위해서, 다음 작품을 위해서.

미소 그렇게 다음, 다음만 외치다가는 영원히 택배나 나르고 있을 거 같은데요? 시지프처럼! 왜 해야 하는지 목적을 잃을 상태로!

효주 목적은 명확해. 월세를 내야 하고, 대출 이자를 갚아야 하고, 먹고 살아야 하고.

미소, 자리에서 일어나 햄릿 투로 말한다.

미소 삶에 치여 현실을 못 보는 자여! 어두운 곳만 슬렁거리며 거니는구나. 두 눈을 잃고 나서야 삶의 지혜를 깨우칠 이는 어디 있으랴!

효주 삶은 더 이상 지혜를 보여주지 않습니다. 삶은 누더기 옷마냥 기쁨, 슬픔, 체념을 기우고 어설픈 걸음으로 비탈길을 오르고 있습니다.

미소 슬프고 한탄스럽구나. 굴러 떨어져야 하는 목적을 지닌 저 시지프의 돌을 어떻게든 악착같이 올리는 자여, 그대 이름은 무엇인고.

효주 노동자입니다.

미소 … 노동자이구나.

효주 나도 안 하고 싶어, 연극만 하고 살고 싶어. 그런데 그게 가능할까?

미소 열심히 하다보면, 언젠가는!

효주 열심히? 열심히라고?

미소, 고개를 숙인다.

효주 나 누구보다 열심히 했어. 20대 후반에 극단을 만들어서 30대 초중반부터는 이름 있는 연극제에 나갔어.

미소 … 상도 여러 개 탔고요.

효주 고정 연습실도 만들었고 상주 단원들도 몇 있었어….

미소 … 좋았죠.

효주 지원사업도 많이 탔지. 잘 나갔던 해에는 일 년에 열 작품을 올렸어.

미소 … 그때 정말 바빴는데.

효주 바쁘면서도 좋았지… 40대가 되니까 부르는 데가 없어. 지원사업도 청년예술가들, 30대들한테 집중되어 있더라고.

효주, 씁쓸하게 웃는다.

효주 40대는 이뤄놓은 걸 바탕으로 다지는 시기인데, 다질 땅이 줄어들고 있어. 소재도 주제도 장르도 문법도 너무 빠르게 바뀌고 있어. 옛날이야기를 하면 재미없다고 안 보고, 미래 이야기를 하면 말이 되냐고 안 보고.

미소 현재 이야기를 하면 되잖아요.

효주 40대 물류센터 일용직 이야기를 누가 본다 그래. 재미없다고 안 봐.

미소 우리가 언제 재미를 따져서 연극했어요? 해야 하니까, 목소리가 멈출 수 없이 흘러넘치니까 하나하나 받아 적다 보니 연극이 된 거죠.

효주 잘 모르겠다.

미소 언니.

효주 응.

미소 10주년 공연 기억나요?

효주 〈계단 위에서〉였지.

미소 그걸로 연극제 많이 나갔잖아요. 상도 받고. '노동연극의 수준을 한 단계 끌어올렸다.' 우리를 어떻게든 까려고 눈에 불을 켜던 평론가도 인정했잖아요.

효주 그랬지….

미소 그때 수상소감으로 '노동자를 위해 싸우겠습니다.'라고 말했잖아요.

효주 무식하면 용감해. 내가 무식했어. 그래서 용감했지. 노동에 대해 뭘 안다고.

미소 언니, 정말 왜 이렇게….

효주 직접 노동을 해보니까 그게 아니었어. '갑을', '노동의 무자비함', '자본주의의 폭력'… 우리가 머리로만 썼던 단어들, 그런 단어들은 결코 쉽게 단어로 정의될 수 없고, 쉽게 말해질 수 없는 거였어. 처음 한 달은 이해가 안 갔지. '왜 이렇게 힘든 곳에서 일하지?' 두 달 정도 일 했을 땐 '어서 이곳에서 벗어나야겠다.' 세 달째 남일 오빠를 사고로 잃었을 땐 투사로서 투쟁하겠다! 물류센터 노동자 인권을 위해 내 한 몸 바치겠다, 다짐했지.

미소 그럼 그 경험을 토대로 연극을!

효주 일 년 쯤 지나서야 알게 됐어.

효주, 손을 주무른다.

효주 10시간씩 노동하고 집에 가는 사람들은 싸우지 못하는 게 아니야. 누구보다 적극적으로, 극렬하게, 삶과 싸우는 사람들이야. 10시간씩 주5일 노동을 하면서 몸을 혹사하면서까지 노동을 하는 사람들은, 그 어떤 영웅의 업적보다 위대한 업적을 남기시는 분들이야. 가족을 위해, 자신을 위해, 미래를 위해, 누구보다 열심히 살고 있는 분들, 하루하루에 맞서 싸우는 사람들이야. 그분들이 없으면 사회가 안 돌아가.

쉬는 시간을 끝내는 스피커 소리가 울린다.

레일 위로 택배가 전달되기 시작한다.

효주, 다시 레일 앞에 선다.

효주 우리가 함부로 소재화하고 주제화해서 연극예술로 말할 수 없어.

미소, 효주의 뒤를 따른다.

미소 그래도 뭐라도 해야죠. 이대로 아무것도 안 할 수는 없어요.

효주, 택배를 다시 분류하기 시작한다.

단기 사원3(코러스3), 켜켜이 쌓여있는 골판지 상자에서 일어나 레일로 온다.

단기 사원4(코러스4), 일어나 분류작업을 시작한다.

효주 극단 사무실도 내놨어, 임대료가 너무 올라서.

미소 네?

효주 그냥 이대로도 좋지 않나 싶어. 월급 받으면서, 공과금 내면서 사는 삶.

미소, 효주 등을 때린다.

미소 정신 차려요. 극단 불꽃이 왜 불꽃인지 잊었어요?

효주 한 몸 불태워 그늘진 곳이 없게 하리라….

미소 불꽃이 되세요, 하다못해 촛불이라도 되라고요.

효주 촛불?

미소 바람에 꺼지면 또 불을 붙이면 되잖아요.

효주, 단기 사원3, 4(코러스3, 4)가 일하는 걸 본다.

미소 촛대마저 버리면 어떻게, 뭘 어떻게 밝히겠다는 겁니까.

효주 포기도 용기가 필요한 거야.

미소, 간절한 표정으로 효주를 보다가 입 다물고 퇴장한다.

효주, 독백한다.

효주 촛대마저 버렸다고? 생활이 있어야 신념도 있다. 나는 살아야 했다. 살아남아야 했다. 삶 이후에 신념이 있다! 살아야 말할 수 있는 것이다! 그렇지만 나는, 지금 살아 있는 것인가? 삶을 제대로 누리고 있는가? 인간다운 삶을 살고 있는 것인가. 인간이란 무엇인가. 무엇이 인간을 인간으로 만드는 것인가. 그것은 권리이다. 존엄할 권리, 행복할 권리, 평등할 권리….

효주, 무대 뒤 노동자들(코러스5, 6)이 떨어지는 돌을 올리는 걸 쳐다본다.

효주 그렇다면 나는 존엄한가, 행복한가, 평등한가. 나 또한 저들처럼 떨어지는 돌을 하염없이 올리는 벌을 받는 중인가.

택배가 쌓이기 시작한다.

효주 나는 인간이다! 주어진 권리를 찾을 것이다! 촛불이 되어 밝히고 불꽃이 되어 타오를 것이다!

천장에 매달려 있는 스피커로 목소리가 흘러나온다.

목소리 3번 레일에 속도가 더딥니다. 택배 정체되고 있습니다.

관리자(코러스1), 효주에게 다가와 물류를 처리하기 시작한다.

관리자 효주 씨! 왜 그래? 무슨 일 있어? 아니 무슨 일 있다 해도 이러면 안 되지!

효주 이곳의 노동환경은 근로기준법 위반입니다.

관리자 뭐?

효주 이렇게 서서, 9시간 동안 서 있는 건, 근로기준법에 명시된 노동자 인권을 무시하는 겁니다.

관리자 왜 이래?

효주 이곳의 환경을 언론사에 알리겠습니다.

관리자 시발! 진짜!

관리자(코러스1), 그 자리에 택배 상자를 놓고 소리친다.

관리자(코러스1), 손가락으로 효주 머리를 찌른다.

관리자 미쳤어? 돈 거야? 지금 택배 안 보여? 택배가 산더미인데 무슨 개소리야!

효주 그럼 인력을 충원하세요.

관리자 당신이 충원해주던가 왜 나한테 지랄인데! 바빠 죽겠는데!

효주 일 년 전 화재 사고 때 배운 거 없어요?

관리자 화재 사고?

효주 스프링클러도 없고, 비상구는 저 위쪽에 있었죠. 나가지 못해 질식사한 사람이 10명이 넘습니다.

관리자 그래서 뭐, 막말로 내가 죽였어? 나도 죽을 뻔했어!

효주 왜 책임지지 않습니까.

천장에 매달려 있는 스피커로 목소리가 흘러나온다.

목소리 3번 레일에 속도가 더딥니다. 택배 정체되고 있습니다.

관리자 저 소리 안 들려? 지금 안 그래도 물류대란이니 뭐니 하는데!

관리자(코러스1), 스마트폰이 울린다.

관리자(코러스1), 아까보다 다급해진 얼굴로 효주를 본다.

관리자 당신까지 왜 그래, 응?

효주 관리자 맞죠?

관리자 나도 월급쟁이야.

효주 그럼 누구한테 말을….

관리자 그렇게 불만이면! 그만 두세요. 어차피 하고 싶어 하는 사람들은 널렸으니까.

천장에 매달려 있는 스피커로 목소리가 흘러나온다.

목소리 3번 레일에 속도가 더딥니다. 택배 정체되고 있습니다.

관리자(코러스1), 나가려다가 다시 효주에게 돌아간다.

관리자 지금까지 당신 같은 사람이 몇 명 있었을 거 같아요? 해고입니다, 나가세요.

관리자(코러스1), 효주에게 나가라고 손짓한다.
암전.

5장. 1970년 평화시장

레일은 멈추지 않는다.
레일 위로 1970년 평화시장 재단보조 의상이 배달된다.
코러스3, 4, 레일 위로 전달되는 옷을 집어서 갈아입는다.
레일로 '근로기준법을 준수하라!'라고 적힌 대자보와 현수막이 전달된다.
대자보와 현수막에는 '근로시간 단축, 주휴제 실시, 건강진단 실시, 다락방 철폐, 환풍기 설치, 여성 생리휴가 보장'이라고 적혀 있다.
재단보조3, 4(코러스3, 4), 외투만 갈아입고 대자보와 현수막을 붙인다.

태일, '근로기준법을 준수하라!'라고 적힌 대자보를 들고 등장한다.
평화시장 사장(코러스1), 등장해서 대자보와 현수막을 노려본다.
여정, 사장(코러스 1) 뒤에서 모자를 눌러쓰고 등장한다.

사장 근로시간 단축, 주휴제 실시, 건강진단 실시, 다락방 철폐, 환풍기 설치, 여성 생리휴가 보장? 뭐 이렇게 원하는 게 많아? 이거 다 치워.

여정 네.

여정, 대자보와 현수막을 떼기 시작한다.
사장(코러스1), 태일을 불러 세운다.

사장 이거 다 지키면 우리 뭐 먹으라는 거야, 응? 문 닫아야지.

태일 최소한의 요구입니다.

사장 물론 우리야 해주고 싶지, 근데 힘들어.

태일 하지만 해주시겠다고 약속을….

사장 답답한 사람아, 사정없는 사람이 어디 있어. 사정 다 들어주면 누가 일해.

태일 미팅 때 환풍기도 설치해준다고 하셨잖아요.

사장(코러스1), 팔을 걷는다.

사장 봐, 여기 상처 있지, 여기 길게 나 있잖아. 나도 미싱 돌리다 다쳤어. 너만 힘들어? 나도 힘들어, 다 힘들어.

태일 기다리겠습니다.

사장 뭘 기다려.

태일 해주실 때까지 요구하겠습니다.

사장 그럴 필요 없다, 그냥 나가. 나가서 하고 싶은 거 다 해.

사장(코러스1), 퇴장한다.

여정, 사장 뒤를 따르다가 태일과 눈 마주친다.

여정, 고개를 숙이고 대자보와 현수막을 챙겨서 퇴장한다.

암전.

6장. 1970년 4월. 감리교회 신축 공사장

레일 위로 1970년 공사장 인부 옷이 배달된다.

재단보조3, 4(코러스3, 4), 공사장 인부 옷을 입고 노동한다.

레일 위로 벽돌이 전달된다.

공사장 인부3, 4(코러스3, 4) 벽돌을 나르고 차곡차곡 쌓는다.

공사장 인부2(코러스2), 공사장 지게에 벽돌을 들고 와 쌓는다.

전태일, 공사장 인부 옷을 입고 등장한다.

태일, 손에 근로기준법을 들고 읽고 있다.

인부2(코러스2), 태일에게 다가간다.

인부2 아이고, 또 책입니까.

태일 근로기준법에 의거해서 우리는 우리의 권리를 찾아야만 해, 그러니까….

인부2 그러니까 배워야 하고 또 알아야 한다, 이 말이죠? 선생님.

태일 선생은 무슨, 아직 나도 배우는 단계야.

인부2 낮에는 공사장 일꾼, 밤에는 지하실에서 근로기준법하고 노동운동이 왜 필요한지 저희에게 설명해주시잖아요. 선생님이죠.

태일 모두에게 득이 되는 거야.

인부2 알아야 한다? 법이니까?

태일 알아야 한다. 법이니까.

인부2 참, 공사장 앞에서 누가 선생님 찾던데요?

태일 나를?

태일, 근로기준법 책을 덮는다.

여정, 등장한다.

여정 옷, 전보다 화사해졌다.

인부2(코러스2), 퇴장한다.

여정, 주위를 둘러본다.

여정 여기 있었군요.

태일 여정이 네가 어떻게.

여정 여기저기 물어서 찾아왔어요.

여정, 태일 손에 들린 근로기준법 책을 본다.

여정 근로기준법, 맞죠?

태일 응.

여정 아직도 노동을 생각하는 건가요?

태일 노동을 하는 건 더 나은 삶을 위한 거라고 생각해.

여정 네.

태일 그런데 노동을 하면 할수록 더욱 비참해지더라. 조금이라도 쓸모가 없어지면 깨진 벽돌 바꾸듯 버려지는 거야. 모든 건 다 쓸 곳이 있는데.

여정 저 다시 일해요.

태일 일? 몸은 괜찮아졌고?

여정 어머니가 아프세요. 아버지도 일하세요. 동생들도 배고프다고 아우성이에요.

태일 그래….

여정 힘들잖아요. 괴롭잖아요. 왜 이렇게까지 하는 거예요. 왜 이렇게 힘든 길을 가려는 거예요.

태일 핍박받는 그들을 위해, 더 큰 목소리로 투쟁할거야.

태일, 퇴장한다.

암전.

7장. 2021년 물류센터 점심시간 정문

레일 위로 2021년 물류센터 단기 사원 의상이 배달된다.

코러스3, 4, 레일 위로 전달되는 옷을 집어서 갈아입는다.

물류센터 HUB 단기 사원3, 4(코러스3, 4), 외투만 갈아입고 레일 위로 전달되는 빵과 우유를 집어서 먹는다.

레일은 멈추지 않는다.

미소와 효주, 빵과 우유를 들고 앉아있다.

효주 물류센터 본사에 요구사항을 10개 정도 써서 냈는데, 노조에 문의하라네. 직접 찾아가는 수밖에 없나.

미소, 문자로 대출상환 문자를 받는다.

미소, 실시간으로 잔고가 줄어드는 문자 메시지를 연속으로 받는다.

효주, 자리에서 일어난다.

미소, 따라서 일어난다.

미소 언니. 그게….

효주 무슨 일 있어?

미소 그게, 그러니까… 일해야 해요.

효주 어디서?

미소, 고개를 숙인다.

효주 설마, 여기서 또 하려는 건 아니지? 그 난리를 피워놓고?

미소 저라고 여기서 일하고 싶은 줄 알아요? 저라고 안 찾아봤을까요? 편의점도 안 돼, 커피점도 안 돼, 공사장도 안 돼, 그나마 인력충원이 잦은 물류센터만 받아 줬어요.

효주 미소야….

관리자(코러스1), 담배 한 대를 입에 물고 등장한다.

미소, 관리자(코러스1)에게 다가간다.

미소 저, 관리자님.

관리자 어, 미소 씨, 안 갔어? 간 줄 알았는데?

미소 제가 어리석었습니다. 한번만 더 기회를 주세요.

관리자 기회?

미소 다시 일해야 해요.

관리자 뭐, 우리가 하루이틀 본 사이도 아니고. 일해요.

미소 감사합니다, 감사합니다.

관리자 다음처럼 말없이 자리 이탈하면 블랙리스트에 올릴 거야. 올라가면 알지? 물류센터 어디에서도 일 못 하는 거.

관리자(코러스1), 반 협박조로 말하고 퇴장한다.

효주 한 몸 불태워 그늘진 곳이 없게 하리라!

미소 일단 살아야 하니까요.

효주 바람에 꺼지면 또 붙이면 되잖아. 촛대마저 버리면 어떻게 밝히겠다는 거야.

미소 포기도 용기가 필요한 겁니다.

효주, 미소의 손을 잡는다.
미소, 손을 뿌리친다.

효주 불꽃이 되라며! 하다못해 촛불이라도!

미소 뭘 어떻게 하겠어요, 제가.

미소, 퇴장한다.
효주, 정장을 입고 있는 노조원(코러스2)하고 부딪힌다.
노조원(코러스2), 효주를 힐끗 보고는 가던 길 가며 통화한다.

노조원 뭘 어떻게 하긴 뭘 어떻게 해. 그냥 냅둬, 요구사항도 별 거지 같은 거밖에 없던데? 10개는 무슨, 됐어 끊어! 오늘 저녁에 술이나 먹으러 갑시다. 노조가 지들 안방이야 뭐야.

노조원(코러스2), 킬킬거리며 퇴장하는 걸 효주가 본다.
효주, 노조원(코러스2)의 뒤를 따라간다.
암전.

8장. 2021년 물류센터 창고

레일 위로 정장이 배달된다.

코러스3, 4, 레일 위로 전달되는 정장을 집어 갈아입는다.

물류센터 노조원3, 4(코러스3, 4), 외투만 갈아입고 레일 위로 전달되는 각종 서류들을 집어 사인하고 도장 찍기 시작한다.

레일은 멈추지 않는다.

노조 사무실 이곳저곳에 '우리는 기계가 아니다', '쉬는 시간을 보장하라'라고 적힌 플래카드가 변색되어 걸려있다.

노조원(코러스2), 자판기 커피를 들고 등장한다.

노조원 자판기 커피 괜찮죠?

효주 네….

노조원 앉으세요. 바닥에 앉아도 돼, 매일 쓸고 닦아요. 보기엔 창고여도 전화기도 있고 컴퓨터도 다 있어요. 엄연한 사무실이지.

효주, 바닥에 앉아서 노조원(코러스2)가 건넨 커피 잔을 손에 쥔다.

노조원(코러스2), 효주 맞은편에 앉아 커피를 마신다.

노조원 그래서 여긴 어쩐 일로?

효주 본사에 물류센터 노동환경 개선을 위한 진정서를 보냈습니다.

효주, 품에서 서류를 꺼낸다.

효주 요구사항도 열 가지 정도 적었는데 물류센터 노조에 문의하라고 해서요. 그런데 연락할 방법이 따로 없어서….

노조원 음, 그래요. 읽어봤어요. 읽어봤는데….

노조원(코러스2), 효주 손에 들린 서류를 빤히 쳐다보며 커피를 마신다.

노조원 박효주 씨 맞죠?

효주 네.

노조원 몇 년 근무했어요?

효주 일 년 정도 근무했습니다.

노조원 오전, 오후?

효주 오전 근무입니다.

노조원 그 전에는 뭐 했어요? 시민단체 소속이신가?

효주 연극을 했습니다.

노조원 연극이면, 배우?

효주 극단 대표이자 극작가, 그러니까 극을 쓰기도 합니다.

노조원 글도 쓰시고 대표까지 하시는 분이 왜 물류센터에서 일 년 간 일하셨어요?

효주 사정이 안 좋아서요, 생계 때문에.

노조원(코러스2), 커피를 다 마신다.

노조원 내가 그쪽 분야는 잘 몰라요. 효주 씨가 얼마나 대단하신 분인지 잘 몰라요. 근데 대표도 하시고 나이 2-30대도 아니니까 아실 겁니다. 지금 상황 좋은 곳이 있습니까?

효주 그래도 최소한의 노동환경은 개선될 수 있는 거 아닌가요?

노조원 말처럼 쉬운 게 아닙니다. 한 가지만 살펴봅시다. 각 센터에 에어컨 설치? 효주 씨는 오전 근무만 하시니까 오전만 하고 가시는데, 설치하고 켠다면 오후에도 켜야 하고 야간에도 켜야 합니다. 24시간 운영되는데 전기세가 얼마나 들지 생각해보신 적 있으세요? 과열되기라도 하면 일 년 전 그 사태가 다시 발생할 겁니다.

효주 그거 말고도 충분히 실현 가능한 제안들도 있습니다, 예를 들어….

노조원 여기는 대기업 물류센터가 아니에요.

효주 네?

노조원 물류센터에 돈이 많으면 효주 씨가 요구한 사항들, 얼마든지 다 할 수 있죠. 에어컨도 설치하고 스프링클러도 설치하고 쉬는 시간도 1시간씩 갖고 시급도 세게 주고.

효주 제가 원하는 건 기본적인 노동환경을 조성해달라는 겁니다. 굳이 대기업이 아니더라도 충분히….

노조원 저는 여기서만 2년 일했어요. 다른 곳 두 군데를 돌면서 1년씩 일했고요.

노조원(코러스2), 주위를 둘러본다.

노조원 지금이야 노조원이라는 이름으로 이 자리에 앉아있지만, 저도 효주 씨처럼 단기 사원이었어요. HUB, IB, OB. 다 했어요. 물류센터로 도착한 물건들 다 내리고, 박스에 넣어서 포장하고, 지역별로 분류하고. 그땐 진짜 지옥이었죠.

효주 그렇다면 더더욱….

노조원 근무환경 개선, 당연히 해야죠. 일하시는 분들 고충이야 저도 잘 알죠. 그럼 근무환경 개선하면 평생직장으로 생각하고 다닐 건가요?

효주 네?

노조원 당장에 효주 씨만 봐도, 대표잖아요. 만약 사정이 좋아지면 다시 연극하실 거죠?

효주, 노조원(코러스2)의 말에 대꾸하려 하지만 입을 다문다.

노조원 인간은 기계가 아니죠. 압니다. 웃으면서 퇴근하는 환경을 조성하자. 맞는 말입니다. 인간으로서 받아야할 존중과 노동자로서의 권리, 쟁취해야 합니다. 그런 환경을 조성하면 남아있을 건가요?

효주 그런 환경을 먼저 조성하면 일하고자 하는 노동자들이 올 겁니다. 노동자들이 원하는 일터를 먼저 만들어야 한다고 생각해요.

노조원 좋습니다. 그럼 노동자들은 어떤 일터를 원하죠?

효주 그건….

노조원 알아보셨어요?

효주 … 아뇨.

노조원 쉽지 않을 겁니다. 왜냐고요? 힘들어하는 사람은 그냥 나갑니다. 다른 일을 찾아 떠나죠. 견디고 버티는 사람은 끝까지 일합니다. 효주 씨처럼 일 년 이상 하신 분들은 이미 적응하신 분이죠. 2년 정도 근무하시면 무기 계약직으로 전환되니 더 많은 혜택과 복지를 누립니다. 불만을 가질 이유가 없죠.

효주 그럼… 나가던가, 버티던가, 둘 중 하나를 하라는 말씀이세요?

노조원 각자가 각자의 위치에서 최선을 다해보자는 이야깁니다. 무작정 불만을 말하기 전에, 더 해보자는 말입니다.

효주 누구를 위해서죠?

노조원 효주 씨는 뭐, 누구를 위해서 일하나요? 다 자기 자신을 위해서, 자신의 이익과 권리를 위해서 일하죠.

전화벨 소리가 울린다.

노조원(코러스2), 전화벨 소리를 듣고 스마트폰을 꺼낸다.

노조원(코러스2), 자리에서 일어나 악수를 청한다.

노조원 저희 노조는 언제나 이 자리에서 노동자들을 위해 노력하며 존재할 것입니다.

효주 어떤 노력을 하고 계시죠?

노조원 뭐 이것저것.

효주 제가 보기엔 일 년 전 화재사고 이후로 아무것도 달라진 게 없습니다.

노조원 노조 설립된 지 이제 반년이에요. 사측과 이야기 중이니 변화가 있을 겁니다.

효주 사측과 어떤 이야기를 하셨죠?

노조원 노동자의 권리를 위해, 장시간 비효율적 노동보다 효율적 업무를 위해, 최선을 다할 겁니다.

효주 지금 물류센터에서는 그런 투쟁을 할 수 있는 기반이 여기 밖에 없어요.

노조원 네, 알고 있습니다, 저희도. 현장을 개선해야 하는 걸 알고 있고 사측에 꾸준히 말하고 있어요.

효주 말하는 걸로 부족하다면,

노조원 부족하지 않습니다.

효주 네?

노조원 지금도 꾸준히 외치고 있거든요.

효주 하지만 지금….

노조원 노조는 노동자의 권익보호를 위해 설립되어야 합니다.

효주 네.

노조원 저희가 노동자인 것처럼, 관리자들도 노동자입니다. 여기 있는 어느 누구도 노동자 아닌 사람이 없어요. 누굴 탓

하려면 계속해서 위에다 말해야 하는데, 그분들도 따지고 보면 노동자라, 저마다 슬픔 아픔 모두 가지고 있어요.

노조원(코러스2), 효주의 손을 덥석 잡는다.

노조원 노동자들 권익과 보호를 위한 생각들은 저희가 할 테니, 효주 씨는 생각할 시간에 물건 하나 더 하차하고 포장하고 배달하고 상차하세요.

노조원(코러스2), 스마트폰을 열고 전화를 받는다.
노조원(코러스2), 담배를 입에 물고 라이터를 켜려고 한다.

노조원 잘 처리했습니다. 네, 그럼 오늘도 거기서? 네, 지금 곧 출발하겠습니다.

노조원(코러스2), 라이터를 계속 켜려고 하는데 안 켜진다.
노조원(코러스2), 효주를 본다.

노조원 라이터 있어요?
효주 아, 네.

효주, 주머니에서 남일이 남긴 라이터를 꺼내 노조원(코러스2) 담배에 붙인다.

노조원(코러스2), 퇴장한다.

효주, 물류센터 창고를 나가려다 손을 멍하게 내려다본다.

효주 불꽃이 되도 부족한데, 기껏 한다는 게 라이터 불.

효주, 라이터를 켜고 끄고 켜고 끄기를 반복한다.

효주, 라이터 불빛을 한동안 바라본다.

암전.

9장. 1970년

레일 위로 1970년 평화시장 재단보조 의상이 배달된다.

코러스3, 4, 레일 위로 전달되는 옷을 집어 갈아입는다.

레일은 멈추지 않는다.

태일, 품에서 종이들을 꺼내 흩뿌리며 등장한다.

재단보조3, 4(코러스3, 4), 따라서 흩뿌린다.

경비(코러스1)와 여정, 등장한다.

경비(코러스1), 태일이 들고 있는 종이들을 빼앗는다.

경비 뼈 빠지게 일을 해도 먹고 살기가 힘든데!

태일 지금 뭐하시는 겁니까!

경비 앞으로 깡패 같은 삼동회 자식들하고 상종하는 놈들은 책임 못 진다!

경비(코러스1), 종이들을 짓밟는다.

경비 신세 조져 쇠고랑 차고 싶어?

경비(코러스1), 윽박지른다.

경비 걸리기만 해! 해고야!

경비(코러스1), 퇴장한다.
여정, 종이들을 치운다.
재단보조3, 4(코러스3, 4), 한숨 쉰다.

태일 이러다간, 시위고 뭐고 모이지도 못할 판이야.
보조3 시위에 참여하겠다던 시다들도 불안해하고 있어요.
보조4 언제 잘릴지 모르니까 시위라는 단어도 입 밖으로 내기를 쉽지 않아 해요.

태일, 머리를 거칠게 넘긴다.

태일 10월 20일에는 노동청 정문 앞까지 갔는데, 근로감독관하고 업주들이 어떻게 알았는지 다가와서는 정말 이렇게까지 할 거냐, 다시 생각해보라고 회유하지만 않았어도 그대로 밀고 나갔는데….

보조3 24일도 그랬죠. 여의도에서 대규모로 시위할 작정이었는데 업주와 경찰이 어떻게 알아서는….

태일 정말 시위가 왜 이렇게 어려운 건지 모르겠어.

태일, 품에서 노트를 꺼낸다.

태일 이걸 지키는 게 그렇게 어려운 건지….

보조4 이게 뭔데요.

태일 대통령께 보낸 진정서에 실린 요구사항.

보조3 '저희들의 요구는 1일 14시간의 작업시간을 단축하십시오. 1일 10시간-12시간으로.
1개월 휴일 2일을 일요일마다 휴일로 쉬기를 희망합니다.
건강진단을 정확하게 하여 주십시오.
시다공의 수당 현 70원 내지 100원을 50% 이상 인상하십시오.
절대로 무리한 요구가 아님을 맹세합니다.
인간으로서의 최소한의 요구입니다.
기업주 측에서도 충분히 지킬 수 있는 사항입니다.'

태일 틈나는 대로 청와대, 서울시청, 노동청, 방송국 등을 찾아다니면서 근로조건 실태에 대한 진정서를 제출했는데도 이렇게까지 반응이 없다니.

태일, 주먹을 쥔다.

태일 많은 걸 바란 것도 아니고, 그저 인간으로서 최소한의 요구를 적은 건데….

태일, 품에서 너덜너덜해진 근로기준법 책을 꺼낸다.

태일 내일 여기에서 근로기준법 화형식을 벌이자.

여정 화형식?

태일 근로기준법이 노동자의 권리를 제대로 보호하지 못하는 현실에 대해 고발하는 차원에서, 이 책을 불태우는 거야.

여정, 태일의 손을 잡는다.

재단보조3, 4(코러스3, 4), 눈치보다 퇴장한다.

여정 하지 마세요.

태일 해야만 해.

여정, 손을 떤다.

태일 왜 이렇게 손을 떨어.

여정 저에게 보여준 소설 내용들이 생각나요, '왜 이렇게 고통스럽게 살아가는지'에 대한 질문이 가득한 소설들이었죠.

그 질문에 대한 답을 찾았나요?

태일 아니, 아직.

여정 모든 글에는 출구 없는 삶, 추방당하다, 라는 표현들이 있었죠. 저에게는 왜 그 표현들에서 희망이 읽히는지 모르겠어요. 모두가 바뀌지 않는 현실 앞에서 묵묵히 살아가요. 저도 마찬가지고요. 그렇게 살아가는데, 기계처럼 사는 삶에 만족하면서 살아가려는데. 당신은 계속해서 바꾸려고 노력하잖아요.

태일, 여정에게 등을 돌린다.

여정 전 당신이 다칠까봐, 너무 무서워요.

태일 해야만 하는 일이야.

여정 태일 씨….

태일 각자 할 일을 하면 되는 거야. 각자의 위치에서.

여정 이렇게까지 했는데 안 바뀌는 거면, 안 바뀌는 거라고요! 아직도 모르겠어요?

태일 그렇다고 아무것도 안 하면!

여정 꼭 당신이 해야 할 필요가 있나요!

태일 나라도 하지 않으면! 시작조차 안 하면! 묻힐 테니까.

여정, 무슨 말을 하려다 멈추고 퇴장한다.

태일, 독백한다.

태일 전에는 인간다움에 대해서 한 번도 생각한 적이 없었다. 이렇게 살다가 이렇게 죽는 거, 가끔 즐거운 일들로 버티는 삶이 나에게 주어진 삶이라 여기며 살았다. 내가 쓴 글을 통해, 나의 외침, 나의 요구, 나의 행동들에서, 바꿀 수도 있지 않을까, 정말로 16시간씩 장시간 노동에서, 근로기준법이라는 법의 보호를 받을 수 있지 않을까, 하는 희망을 봤다. 시작하는 사람이 있어야 그 뒤를 이을 사람이 생긴다. 시작하는 사람이, 그런 사람이 있어야 한다.

태일, 근로기준법 책을 힘껏 쥔다.
암전.

10장. 2021년 물류센터 HUB

레일 위로 2021년 물류센터 HUB 단기 사원 의상이 배달된다.
코러스3, 4, 레일 위로 전달되는 옷을 집어 갈아입는다.
레일 위로 택배 상자가 몰려오기 시작한다.
단기 사원3, 4(코러스3, 4), 택배를 분류하기 시작한다.
레일은 멈추지 않는다.
효주, 서류를 들고 단기 사원3, 4(코러스3,4)에게 매달린다.

효주 여기 읽어보시고 사인 좀 해주세요.

사원3 예?

효주 근무 환경 개선을 위해 꼭 필요한 겁니다.

사원3 저 내일부터 안 나올 겁니다. 너무 힘들어요.

미소, 등장한다.

효주, 단기 사원4(코러스4)에게 다가간다.

효주 근로 환경 개선을 위해 꼭 필요한 겁니다. 읽어보시고 사인만 해주시면….

사원4 저기요. 그런 거 할 시간에 택배 상자 하나라도 더 적재하세요. 택배 몰리는 거 안 보여요?

효주 어제 다른 물류센터 직원이 과로로 사망했어요.

사원4 그래서요?

효주 그 직원이 우리가 될 수도 있어요. 그러니까 행동해야 합니다.

사원4 그런 거 나 모르니까. 다른 곳에서 해요.

효주 그러지 말고 여기 사인만 해주시면….

사원4 비키라니까!

사원4(코러스4), 효주를 뿌리친다.

효주, 비틀거린다.

미소, 효주를 부축한다.

효주 일하다 죽는 사회, 그런 사회가 만들어지고 있어.

미소 일하다 죽으나, 일하지 않고 굶어 죽나 뭐가 다르죠.

효주 남일 오빠도 과로사 인정 안 됐어.

미소 물류센터 본사 측에서 죄송하다고 고개 숙였잖아요, 기자 회견도 하고.

효주 고개 숙인 이유는 화재사건에 대한 거였고, 과로사는 언급도 없었어. 본사에 직접 찾아가 물어보니까 과로를 선택한 건 남일 오빠라면서 자기들은 책임 없대.

미소 일하다 죽었는데 책임이 없다는 게 말이 돼요?

효주 업무강도가 낮다고 주장하면서 산재에 대한 적합성 여부를 판단할 수 없다네.

미소 사람이 죽었어요! 그런데도 적합성 여부라니!

효주 근로 환경이 안 좋다는 걸 증명할 수단이 없대. 다른 사람들 서류 동의를 받으면 모를까.

미소 동의를 받으면, 뭔가 달라질 수 있어요?

효주 뭐라도 해볼 순 있겠지. 증거가 되니까.

효주, 단기 사원3(코러스3)에게 매달린다.

효주 나가시는 이유가 근로환경 때문이면, 여기 사인만 해주시면 됩니다.

사원3 저는 그냥 나갈 겁니다….

천장에 매달려 있는 스피커로 목소리가 흘러나온다.

목소리 박효주 사원님, 빠르게 중앙으로 와주시기를 바랍니다.

효주 바꿔야 합니다, 이런 노동환경에서 벗어나야 한다고요!

관리자(코러스1), 차트를 들고 등장한다.

관리자 일 안 하시고 지금 뭐하세요?

효주 바뀌어야 합니다.

관리자 뭘요?

효주 근로 환경이요.

관리자 지금 그거 때문에 택배가 쌓여가는 걸 빤히 보고만 있는 건가요?

효주 최근 5년간 자료를 찾아봤습니다. 과로사 신청이 3043건에 달했는데, 승인된 건 10건 중 4건에 불과했습니다. 1200건 정도가 과로사로….

관리자 저는 지금 과로사할 거 같아요.

효주 근로 환경이 바뀌면 관리자님도!

관리자 박효주 씨.

효주 네.

관리자 바뀔 거 같아?

효주 … 그건 모르는 일이죠.

관리자 당신 같은 투사, 많았어. 시민단체에서도 위장취업으로 와서 난리치고, 기자들도 현장 고발한다고 많이 왔어. 근데 봐, 바뀌었어?

효주 바뀔 때까지, 저는! 투쟁할 겁니다.

관리자 아뇨, 지금 바로 나가세요. 해고입니다.

관리자(코러스1), 스마트폰으로 전화가 오자 다급하게 전화를 받는다.

관리자 네, 네. 지금 근처입니다, 금방 올라가겠습니다!

관리자(코러스1), 재빠르게 퇴장한다.
효주, 독백한다.

효주 어둠 속에서 누구보다 밝게 타오르던 불꽃은 꺼져버렸다. 현실이라는 차가운 바람 앞에서, 불꽃은! 촛불보다 더 작은 라이터 불빛으로 아른거리다 실체 없는 연기가 되었다! 하지만 나는 굴하지 않겠다, 다시 불을 피우리라.

단기 사원3(코러스3), 단기 사원4(코러스4)에게 말을 건다.

사원3 그 사람만 불쌍하지.

사원4 누구.

사원3 그 왜, 여기서 일하다 돌아가신 분.

사원4 난 또.

사원3 개죽음이지.

미소, 단기 사원3, 4(코러스3, 4)를 본다.

효주, 목소리를 높인다.

효주 바뀌어야 합니다. 이대로 우리의 목소리를 내지 않으면 그대로 묻힙니다!

효주가 매달리자 단기 사원3, 4(코러스3, 4), 지나가는 택배들을 자주 놓친다.

사원3 뭐야?

사원4 택배 밀리잖아!

택배가 정체되기 시작한다.

천장에 매달려 있는 스피커로 목소리가 흘러나온다.

목소리 박효주 사원님, 빠르게 중앙으로 와주시기를 바랍니다.

효주 이런 노동환경에서 벗어나야 한다고요!

관리자(코러스1), 등장해 효주를 우악스럽게 끌어낸다.

효주, 필사적으로 저항한다.

관리자 나가, 나가라고! 일 좀 하자!

미소, 효주에게 다가간다.

미소 바꿀 수 있어요?

효주 모르지.

미소 그럼 왜 이렇게까지 해요?

효주 우리가 언제는 답이 있는 짓을 했어?

천장에 매달려 있는 스피커로 목소리가 흘러나온다.

목소리 3번 레일에 속도가 더딥니다. 택배 정체되고 있습니다.

효주, 관리자(코러스1)를 민다.

관리자(코러스1), 넘어지며 효주를 놓친다.

효주, 무대를 뛰어다닌다.

관리자(코러스1), 효주를 잡으려고 달린다.

효주, 관리자(코러스1)를 피해 상자를 사방에 던진다.

관리자 받아! 상자 망가지면 안 돼! 상자 받아!

단기 사원3, 4(코러스3, 4), 효주가 던지는 택배 상자들을 잡느라 바쁘다.

효주, 한동안 물류센터 위를 종횡무진한다.

미소, 택배를 던진다.

관리자 효주 씨, 미소 씨! 대체 나한테 왜 그래! 무슨 악감정 있어!

미소, 관리자(코러스1)를 노려본다.

효주, 품에서 천을 꺼내 펼친다.

천에는 '근로기준법을 준수하라!'라고 적혀있다.

효주 근로기준법을 준수하라!

관리자 항복!

관리자(코러스1), 두 손을 든다.

레일 위로 택배가 계속 쌓인다.

천장에 매달려 있는 스피커로 목소리가 흘러나온다.

목소리 3번 레일에 속도가 더딥니다. 택배 정체되고 있습니다.

관리자 저 소리 한번만 더 들리면 나 잘려. 나 잘리기 전에 원하는 게 뭔지나 말해.

효주 근로환경을 개선하고 싶다.

관리자 그래, 근로환경, 개선 좋지.

효주, 주머니에서 라이터를 꺼낸다.

관리자 효주 씨! 효주 누나! 잠깐만, 아… 기다려봐 내가! 전화, 전화할게.

관리자(코러스1), 스마트폰으로 전화 건다.

관리자 빨리 와. 지금 여기 불나게 생겼다고!

효주, 품에서 긴 천을 미소에게 준다.
효주와 미소, 천을 펼치자 천에는 '근로기준법을 준수하라!', '우리는 기계가 아니다!' '인간다운 삶을 보장하라!' '산재법을 허용하라!'가 적혀있다.
노조원(코러스2), 허겁지겁 달려온다.

노조원 뭐야, 뭔데, 불?
관리자 근로기준법을 준수하라네.
노조원 뭐?
관리자 저 사람들 알아?
노조원 박효주 씨. 나이 40. 이미소, 27.
관리자 형 노조잖아, 저런 사람들 어떻게 할 수 있는 거지?
노조원 내가 뭘 해! 난 회사 측이라고!
관리자 됐고! 가서 말 좀 걸면서 시간 때워봐. 난 뒤로 돌아서 저 사람 잡을게.

효주, 라이터를 높이 든다.

미소, 효주를 본다.

미소 대체 뭘 하시려고….

노조원 우리 이성적으로 생각해봐요, 효주 씨. 근로환경 개선이라는 게 하루아침에 되는 것도 아니고, 노조 역시 열심히, 그리고 최선을 다해서 해내려고 갖은 방법을 찾고 있으니까요.

효주 말로만 하지 마세요.

관리자(코러스1), 효주를 잡는다.

관리자 잡았다!

효주, 레일 위로 올라가 라이터 불을 켠다.

효주 우리는 기계가 아니다!

관리자(코러스1), 노조원(코러스2), 단기 사원3, 4(코러스3, 4), 효주를 본다.

효주, 라이터를 천천히 자신의 몸 쪽으로 향한다.

무대 위 조명 급격하게 밝아진다.

사원3 불! 불이야!

사원4 사람 몸에 불이 붙었어!

미소 소화기! 소화기 어디 있어요!

태일, 무대 위로 등장한다.

효주와 태일, 서로 마주본다.

암전.

11장. 에필로그

효주, 등장하며 소리 높여 절규한다.

효주 나는 묻는다! 연극을 왜 하는가? 답한다! 인간을 말하기 위해서라고. 묻는다! 인간에게도 계급이 있는가? 답한다! 자본에 의해 나뉜 계급이 존재한다! 묻는다! 노동이란 무엇인가? 답한다! 인간답게 살기 위한 최소한의 경제활동이다!

효주, 두 손을 든다.

효주 나는 죄인이다. 가난한 죄인이다. 가난해 죄인이다. 형벌을 받듯 노동을 한다. 끝 모를 노동의 끝은 어디인가. 이

형벌은 대체 언제 끝나는 것인가!

무대 뒤 시지프 신화처럼 노동자(코러스5, 6), 공을 힘주어 위로 올리고 있다.
힘겹게 거대한 공을 올려놓으려고 하지만 결코 꼭대기에 올릴 수 없다.
그 돌은 다시 자신들에게로 굴러 떨어지며 노동자들(코러스5, 6)은 다시, 처음부터 그 돌을 올린다.
노동자들(코러스5, 6)의 목소리가 깔린다.

목소리 왜 우리는 올려놓을 수 없지? 왜 계속 일해야 하지?

효주 이들도 죄인인가. 가난해 죄인인가. 우리는 연대해야 한다. 연대하여 함께 이겨내야 한다. 외쳐야 한다! 하나로 힘을 합쳐야 한다!

태일, 등장하며 외친다.

태일 한 사람 한 사람의 힘은 약할지라도 모이면 그 어떤 힘보다 강한 힘이 된다는 걸 보여줘야 한다! 촛불이 모이면 불꽃이 된다! 우리 불꽃이 되자!

효주, 여정, 미소, 코러스3, 4, 등장한다.
태일, 효주, 여정, 미소, 코러스3, 4는 노동자들(코러스5, 6)에게 힘을 보탠다.

거대한 공을 천천히 위로 올리기 시작한다.

코러스1 막아! 어떻게든 막아!

레일 위로 거대한 공 하나가 더 전달된다.

코러스1, 2, 구조물 위에서 돌을 하나 더 떨어뜨린다.

태일, 효주, 여정, 미소, 코러스3, 4, 공 두 개를 올려 넘기고 환호한다.

코러스1, 2, 각자 공을 이고 지며 힘겹게 버틴다.

코러스1, 2, 중간까지는 올리지만 다시 자신들에게로 굴러 떨어진다.

태일, 효주, 여정, 미소, 코러스3, 4, 5, 6은 코러스1, 2를 돕는다.

아까보다 더 힘차게 조금 더 빠르게 정상까지 올리기 시작한다.

여정, 선창하면 코러스들(코러스1, 2, 3, 4, 5, 6) 따라한다.

여정 인간다운 삶을 보장하라!

미소, 선창하면 코러스들(코러스1, 2, 3, 4, 5, 6) 따라 한다.

미소 산재법을 허용하라.

태일, 선창하면 코러스들(코러스1, 2, 3, 4, 5, 6) 따라 한다.

태일 근로기준법을 준수하라!

효주, 선창하면 코러스들(코러스1, 2, 3, 4, 5, 6) 따라한다.

효주 우리는 기계가 아니다.

목소리들, 울려 퍼진다.

레일은 여전히 멈추지 않고 돌아간다.

암전.

막.

한국 희곡 명작선 133

손은 행동한다

초판 1쇄 인쇄일 2023년 11월 20일
초판 1쇄 발행일 2023년 11월 29일

지 은 이 김태현
만 든 이 이정옥
만 든 곳 평민사
서울시 은평구 수색로 340 〈202호〉
전화 : 02) 375-8571 / 팩스 : 02) 375-8573
http://blog.naver.com/pyung1976
이메일 pyung1976@naver.com
등록번호 25100-2015-000102호
ISBN 978-89-7115-130-3 04800
978-89-7115-663-6 (set)
정 가 8,500원

이 책은 사단법인 한국극작가협회가 한국문화예술위원회의 2023년 제6회 극작엑스포
지원금을 받아 출간하였습니다.

한국 희곡 명작선

01 윤대성 | 나의 아버지의 죽음
02 홍창수 | 오늘 나는 개를 낳았다
03 김수미 | 인생 오후 그리고 꿈
04 홍원기 | 전설의 달밤
05 김민정 | 하나코
06 이미정 | 여행자들의 문학수업
07 최세아 | 어른아이
08 최송림 | 에케호모
09 진 주 | 무지개섬 이야기
10 배봉기 | 사랑이 온다
11 최준호 | 기록의 흔적
12 박정기 | 뮤지컬 황금잎사귀
13 선욱현 | 허난설헌
14 안희철 | 아비, 규환
15 김정숙 | 심청전을 짓다
16 김나영 | 밥
17 설유진 | 9월
18 김성진 | 가족사(死)진
19 유진월 | 파리의 그 여자, 나혜석
20 박장렬 | 집을 떠나며 "나는 아직 사랑을 모른다"
21 이우천 | 결혼기념일
22 최원종 | 마냥 씩씩한 로맨스
23 정범철 | 궁전의 여인들
24 국민성 | 조르바 빠들의 불편한 동거
25 이시원 | 녹차정원
26 백하룡 | 적산가옥
27 이해성 | 빨간시
28 양수근 | 오월의 석류
29 차근호 | 루시드 드림
30 노경식 | 두 영웅
31 노경식 | 세 친구
32 위기훈 | 밀실수업
33 윤대성 | 상처입은 청룡 백호 날다
34 김수미 | 애국자들의 수요모임
35 강제권 | 까페07
36 정상미 | 낙원상가
37 김정숙 | '숙영낭자전'을 읽다
38 김민정 | 아인슈타인의 별
39 정범철 | 불편한 너와의 사정거리
40 홍창수 | 메데아 네이처
41 최원종 | 청춘, 간다
42 박정기 | 완전한 사랑
43 국민성 | 롤로코스터
44 강 준 | 내 인생에 백태클
45 김성진 | 소년공작원
46 배진아 | 서울은 지금 맑음
47 이우천 | 청산리에서 광화문까지
48 차근호 | 조선제왕신위
49 임은정 | 김선생의 특약
50 오태영 | 그림자 재판
51 안희철 | 봉보부인
52 이대영 | 만만한 인생
53 박경희 | 트라이앵글
54 김영무 | 삼강주막에서
55 최기우 | 조선의 여자
56 윤한수 | 색소폰과 아코디언
57 이정운 | 덕만씨를 찾습니다

58 임창빈 | 왜 그래
59 최은옥 | 진통제와 저울
60 이강백 | 어둠상자
61 주수철 | 바람을 이기는 단 하나의 방법
62 김명주 | 달빛에 달은 없고
63 도완석 | 봄 여름 가을 그리고 겨울
64 유현규 | 칼치
65 최송림 | 도라산 아리랑
66 황은화 | 피아노
67 변영진 | 펜스 너머로 가을바람이 불기 시작해
68 양수근 | 표(表)
69 이지훈 | 나의 강변북로
70 장일홍 | 오케스트라의 꼬마 천사들
71 김수미 | 김유신(죽어서 왕이 된 이름)
72 김정숙 | 꽃가마
73 차근호 | 사랑의 기원
74 이미경 | 그게 아닌데
75 강제권 | 땀비엣, 보
75 정범철 | 시체들의 호흡법
77 김민정 | 짐승의 時間
78 윤정환 | 선물
79 강재림 | 마지막 디너쇼
80 김나영 | 소풍血전
81 최준호 | 핏빛, 그 찰나의 순간
82 신영선 | 욕망의 불가능한 대상
83 박주리 | 먼지 아기/꽃신, 그 길을 따라
84 강수성 | 동피랑
85 김도경 | 유튜버(U-Tuber)
86 한민규 | 무희, 무명이 되고자 했던 그녀
87 이희규 | 안개꽃/화(火), 화(花), 화(華)
88 안희철 | 데자뷰
89 김성진 | 이름 탐한 대가
90 홍창수 | 신라의 달밤
91 이정운 | 봄, 소풍
92 이지훈 | 머나 먼 벨몬트
93 황은화 | 내가 본 것
94 최송림 | 간사지
95 이대영 | 우리 집 식구들 나만 빼고 다 이상해
96 이우천 | 중첩
97 도완석 | 하늘 바람이어라
98 양수근 | 옆집여자
99 최기우 | 들꽃상여
100 위기훈 | 마음의 준비
101 노경식 | 봄꿈(春夢)
102 강추자 | 공녀 아실
103 김수미 | 타클라마칸
104 김태현 | 연선
105 김민정 | 목마, 숙녀 그리고 아포롱
106 이미경 | 맘모스 해동
107 강수성 | 짝
108 최송림 | 늦둥이
109 도완석 | 금계필담
110 김낙형 | 지상의 모든 밤들
111 최준호 | 인구론
112 정영욱 | 농담
113 이지훈 | 조카스타2016
114 안희철 | 만나지 못한 친구
115 김정숙 | 소녀
116 이상용 | 현해탄에 스러진 별
117 유현규 | 임신한 남자들
118 김성희 | 동행
119 강제권 | 없시요
120 최기우 | 정으래비
121 강재림 | 살암시난

122 장창호 | 보라색 소
123 정범철 | 밀정리스트
124 정재춘 | 미스 대디
125 윤정환 | 소
126 한민규 | 최후의 전사
127 김인경 | 염쟁이 유씨
128 양수근 | 나도 전설이다
129 차근호 | 암흑전설영웅전
130 정민찬 | 벚꽃피는 집
131 노경식 | 반민특위
132 박장렬 | 72시간
133 김태현 | 손은 행동한다
134 박정기 | 승평만세지곡
135 신영선 | 망각의 나라
136 이미경 | 마트료시카
137 윤한수 | 천년새
138 이정수 | 파운데이션
139 김영무 | 지하전철 안에서
140 이종락 | 시그널 블루
141 이상용 | 고모령에 벚꽃은 흩날리고
142 장일홍 | 이어도로 간 비바리
143 김병재 | 부장들
144 김나정 | 저마다의 천사
145 도완석 | 누파구려 갱위강국
146 박지선 | 달과 골짜기
147 최원석 | 빌미
148 박아롱 | 괴짜노인 하삼선
149 조원석 | 아버지가 사라졌다
150 최원종 | 두더지의 태양
151 마미성 | 벼랑 위의 가족
152 국민성 | 아지매 로맨스
153 송천영 | 산난기
154 김미정 | 시간을 묻다
155 한민규 | 사라져가는 잔상들
156 차범석 | 장미의 성
157 윤조병 | 모닥불 아침이슬
158 이근삼 | 어떤 노배우의 마지막 연기
159 박조열 | 오장군의 발톱
160 엄인희 | 생과부위자료청구소송